看我巾帼战"疫"七十二变

姚建 / 编　李强 / 绘

山东人民出版社·济南

国家一级出版社　全国百佳图书出版单位

图书在版编目（CIP）数据

看我巾帼战"疫"七十二变/姚建编；李强绘.——济
南：山东人民出版社，2020.5（2022.4重印）
ISBN 978-7-209-12662-5

Ⅰ.①看…　Ⅱ.①姚…　②李…　Ⅲ.①纪实文学－作品
集－中国－当代　Ⅳ.①I25

中国版本图书馆CIP数据核字(2020)第070732号

看我巾帼战"疫"七十二变

KAN WO JINGUO ZHAN "YI" QISHIER BIAN

姚建　编　李强　绘

主管单位　山东出版传媒股份有限公司
出版发行　山东人民出版社
出　版　人　胡长青
社　　　址　济南市市中区舜耕路517号
邮　　　编　250003
电　　　话　总编室（0531）82098914
　　　　　　市场部（0531）82098027
网　　　址　http://www.sd-book.com.cn
印　　　装　山东新华印务有限公司
经　　　销　新华书店

规　　　格　16开（170mm×220mm）
印　　　张　15.5
字　　　数　20千字
版　　　次　2020年5月第1版
印　　　次　2022年4月第4次
ISBN 978-7-209-12662-5
定　　　价　79.00元
　　　　　　如有印装质量问题，请与出版社总编室联系调换。

序

万"变"不离其"宗"

以漫画的形式来记录庚子年初这段抗击疫情的历史，又是从女性的角度着墨，实在是非常独特的。所以当这本书的编者嘱我写序的时候，我并无犹豫，就应承下来了。

待当真正提笔，又颇费踌躇。思量再三，便以万"变"不离其"宗"为题，算是对书名的呼应。"变"是外化于行的角色担当，"宗"则是内化于心的精神信念。

战"疫"是一场人民战争。有人说，这场战争留下了两个独特的印记，一是中国女性的"高光"表现，二是年轻一代的勇敢担当。

在逆行湖北武汉、黄冈等地的四万余名医护人员中，女性约占三分之二；其中数量庞大的护士群体，绝大部分又是"90后""95后"甚至"00后"的青年女性。

《看我巾帼战"疫"七十二变》一书传神地刻画了中国女性在疫情防控前后方的多元角色、多种战位，她们"变身"白衣战士、社区工作者、执法人员、志愿者……是中国抗疫故事中当之无愧的女主角。

毫无疑问，中国女性是这段大历史的伟大支点。她们的贡献和精神值得被珍藏、被珍惜。为她们留影，为历史留痕，是新闻人、漫画人的责任。

人是最生动的历史，记录历史，最重要的是记录人。中国女性事不避难、义无反顾的身影因为这本书的出版被永久定格，成为历史底稿的一部分。

新中国成立以来，"站起来"的中国女性把自己的命运和国家、民族的命运紧紧连在了一起。国家有大事，女性有担当。这既是共和国女性的奋斗史，也是她们的精神成长史。

自尊、自信、自立、自强的"四自"精神，是当代中国女性的精神谱系、价值坐标。"四自"精神离不开半边天思想的熏陶、男女平等政策的护佑，更是在投身中国特色社会主义伟大实践中铸就。

在很大程度上，"四自"精神塑造了当代中国女性的精神气质，形成了属于中国女性的独特精神美学。中国女性的精神面貌以"四自"为标识，焕然一新，傲立世界。

在我的理解中，"四自"精神就是当代中国女性的"心学"，她们自尊于己、自信于心、自立于世、自强于外。借由"四自"精神的锻造、淬炼，中国女性散发出强大的、迷人的内生力量，并投射到社会生活和家庭生活中，发挥着独特而重要的作用。

在抗击疫情的危难时刻，中国女性蕴藏的这股内生力量，在短时间内得到了集聚和激发。无论是广大女医务工作者的救死扶伤、医者仁心，还是各条战线妇女同胞的忠诚履职、顽强拼搏，都是战"疫"的关键力量，熠熠生辉的"高光"时刻便由此而来。

溯源其内在的逻辑，无非是向读者诸君阐释《看我巾帼战"疫"七十二变》一书背后的这种精神、这股力量，说明万"变"不离其"宗"之本质所在、本源所在。

漫画向以诙谐、轻松见长，用来记录重大历史事件、描绘中国女性的精神肖像，这种探索需要极大的勇气。令我感佩的是，这本书的编者姚建先生、绘者李强先生用洗练的文字和简练的线条，生动而精准地再现了抗疫女性群体的风貌。

印象最深的，便是对三位驰援武汉的女院士李兰娟、陈薇、乔杰的描摹，惟妙惟肖、呼之欲出，可谓"细微处见精神"，创作者的功力和用心可见一斑。

人类正在经历的这场与新型冠状病毒肺炎的抗争，必定是历史长河中一个重要的节点。与大历史同行，我们每一个人都是贡献者、亲历者、见证者。

通过可读、易读的绘本，牢记这段历史，感知这个国家，读懂这个民族，在潜移默化中涵养男女平等意识和"四自"精神，其意义是多重的。

就让我们一起来致敬这些难忘的面孔，收藏这段难忘的历史吧，以漫画的名义。

然后，向着美好生活，再出发！

目 录

三位女院士驰援战"疫"一线

院士，代表着中国科技界的最高荣耀。

新冠肺炎疫情突如其来，

古稀之年不惜身的李兰娟院士带队驰援重疫区，

她英勇果敢，始终奋战在一线；

中国首席生化武器防御女院士陈薇少将，

看似斯文柔和，

却醉心于研究天花、炭疽、埃博拉等让人闻风丧胆的烈性病毒，

率团队进驻武汉不久就实现新型冠状病毒的快速检测；

作为妇产科专家，

乔杰院士带领北京大学第三医院援鄂抗疫国家医疗队驰援武汉，

组建"危重症病房"，努力抓住救治的关口，

尽全力提高治愈率、降低病死率，

同时关注疫情之下孕产妇的安全，

因为这"关乎一个国家和民族的未来"。

三位巾帼院士用她们在医疗卫生领域的专业精神，

彰显了知识分子女性的责任和担当。

侠之大者，为国为民，

巾帼院士，最美逆行。

她是院士 也是战士

中国工程院院士 李兰娟

她是院士 也是战士

中国工程院院士 陈薇

她是院士 也是战士

中国工程院院士 乔杰

白衣当战袍，奋战在火线

庚子岁初，疫魔来势汹汹。

国家有难，中国女性从未缺席。

危急关头，一大批女性医护人员在抗击疫魔火线英勇奋战。

在医院救治一线，女性身影占到了多数，

其中湖北省的一线女医护人员超过10万人；

在全国驰援湖北的340多只医疗队、

4万多名医务人员中，

女性占到三分之二。

她们训练有素、医术精湛、医德高尚，

她们不畏艰险、夜以继日、连续奋战，

展现了救死扶伤、医者仁心的崇高精神，

用实际行动书写了中国女性敢于担当、甘于奉献的动人故事。

悬壶入荆楚，白衣做战袍，

她们一张张被口罩勒出血印的脸庞，

身穿防护服负重前行的背影，

震撼着人们的内心。

有人说，这是属于中国女性的高光时刻。

当年忠贞为国愁,何曾怕断头,
如今天下红遍,江山靠我守!

若有战
召必回
战必胜

军装能脱，
医护人员的职责不能脱！

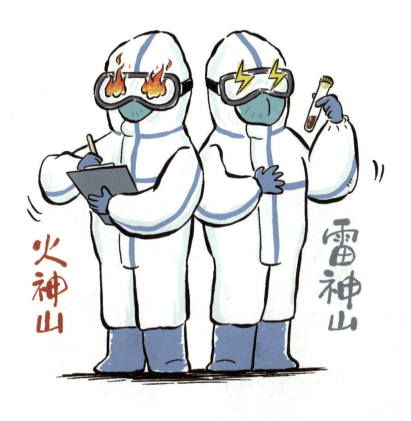

愿以山之名，冠以"火雷"之字，
克瘟神，佑华夏！

"妈妈要去打怪兽了，很快就回来。"

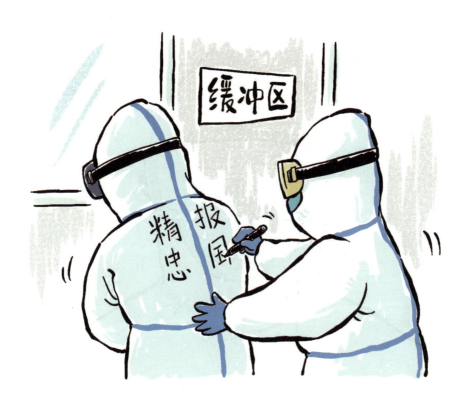

请把"精忠报国"写上我的战衣，
这四个字早已刻进我的心里。

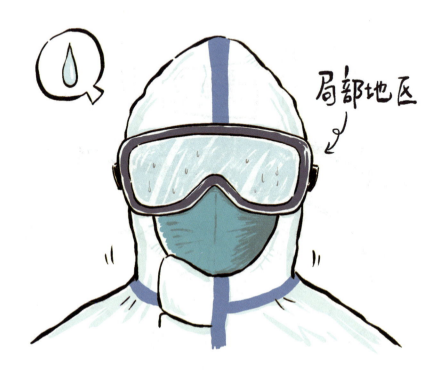

今天局部地区仍有大雾，
能见度较低，请注意安全……

大吉大利 战"疫"精英

♀ 白衣战神

总在游戏中捡三级甲的我，
现在真的穿上了三级防护服.

我们三个阳光姐妹淘，
面对疫情一个也没逃.

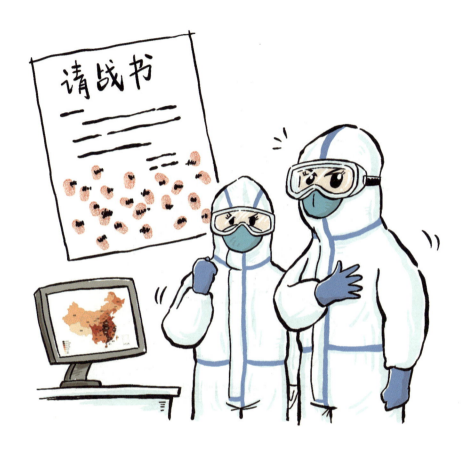

疫情地图的红色越来越深，
不怕，更红的还有我们的手印！

为啥电影里的女侠穿上战衣身材傲娇，
而我穿上战衣却像功夫熊猫……

我要记住你的样貌，
像鱼记住海的味道．

战"疫"妈妈的"云监督".

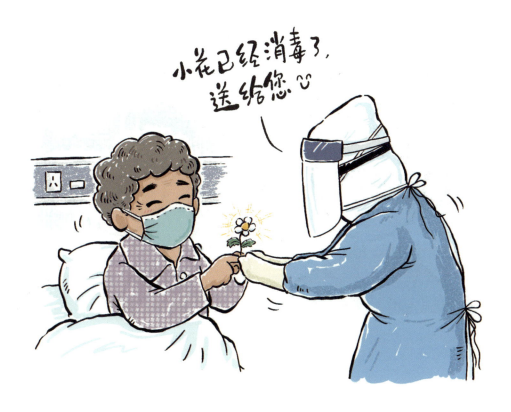

信念是花，它在石头的缝隙之中，
感觉到了阳光，绽放了生命。

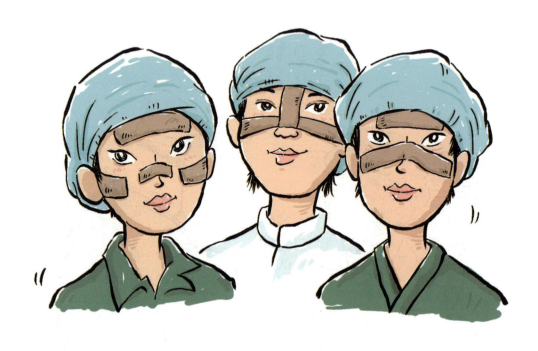

小时候的梦想
是戴上面具变身超级女侠,
嘿,看现在的我,面具酷吧!

妈，我想抱抱了，
我都忘记你的味道了……

终于穿上了洁白的"婚纱",
除了透气性有点差.

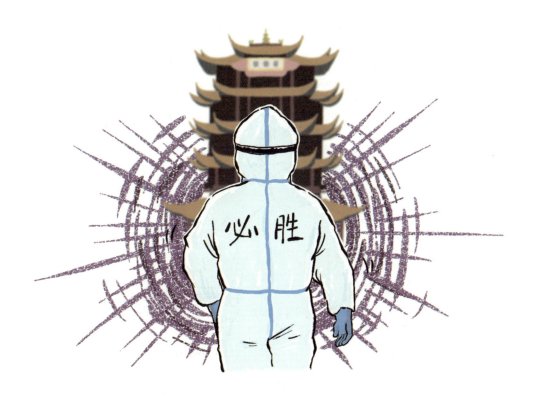

若一去不返？
便一去不返！

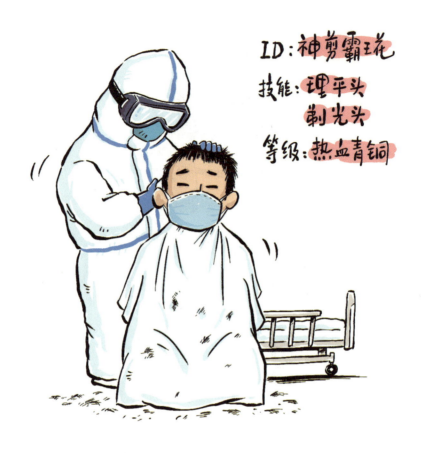

ID：神剪霸王花

技能：理平头
      剃光头

等级：热血青铜

今天我就是你的Tony，
理成啥样都不许嫌弃.

睡美人 "下4"

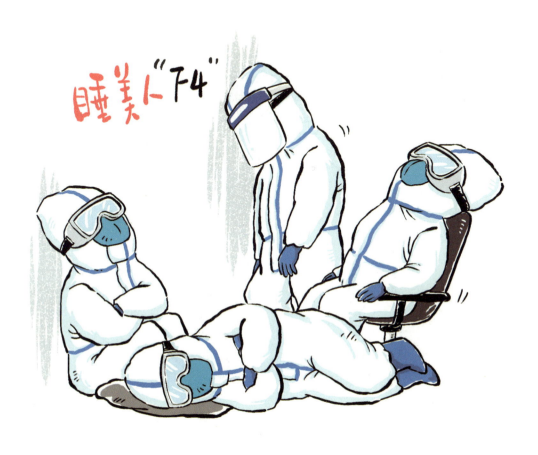

又 "get" 到一项新技能:
搁哪儿睡都行.

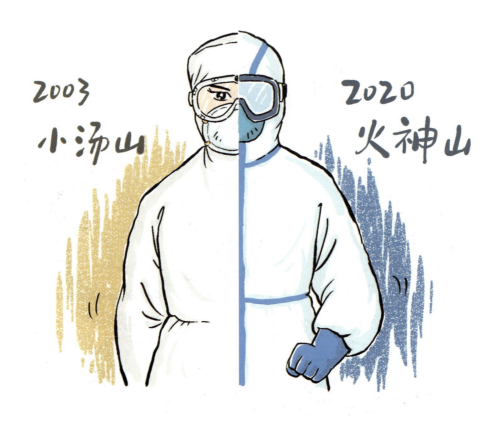

护目镜就像一个紧箍

护士…

妈々…

放下"紧箍"不能救你，
戴上"紧箍"却无法爱你.

战"疫"一线
如期举办的特殊婚礼.

在武汉捂过汗，
这辈子就无憾！

火线入党

每一个心中有光的人，
脚下才有力量！

最美光头，坚守加油！

我把命都交出去了，
还在乎一头长发？

我们这帮"90后"已长大，
是时候换我们去守护大家了.

豪横！

平日拧不开瓶盖儿，
此时搬得动气罐儿。

大圣，看现在的我
跟你像不像？

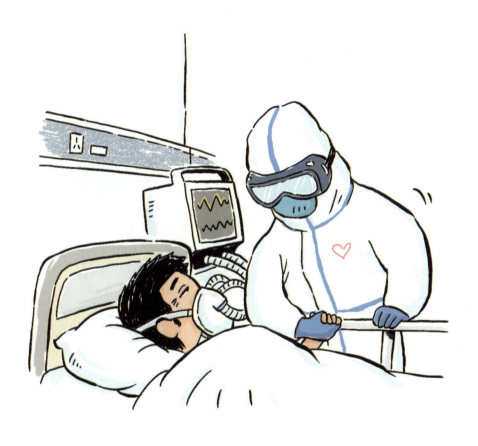

虽然看不到你的样子,
但我记住了你照顾我的样子.

这个春天,是我们拼出来的.

病人来了，
顾不上害怕，顾不上哭，
我只想跑赢病毒。

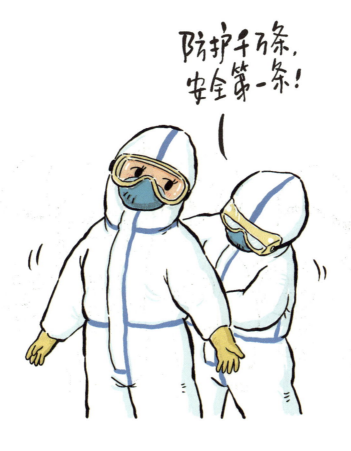

做我的"塑料姐妹"吧，
互相挑毛病，找漏洞那种。

治愈系防护服

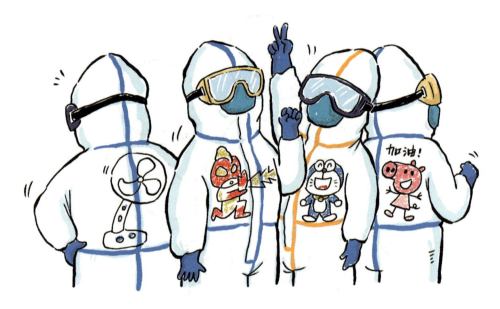

嫌热画个电风扇，打怪叫上奥特曼，
哆啦A梦当外援，小猪佩奇也助战。

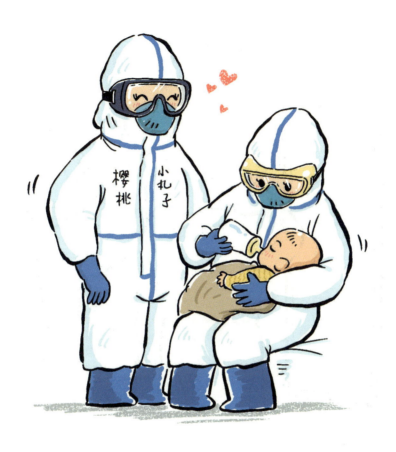

我们做你的"临时妈妈"吧，
宝贝，一切都会好起来哒.

即使穿衣流程烂熟于心,
我们也不敢掉以轻心.

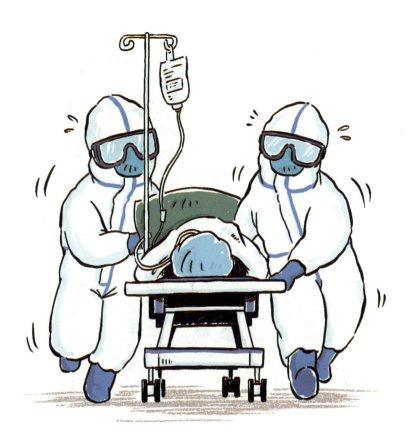

银盔素甲，白马长枪，
吾乃玉面美娇娘。

穿上防护服，
我就不再是个孩子了．

提前完成年度
减肥目标不是梦.

穿防护服减肥法:
1. 八小时不吃不喝.
2. 浑身出汗到虚脱.

这一生,最值得珍藏的行程.

方舱"大白",升级打怪

方舱医院的创设，

是中国公共卫生防控与医疗的一个重大创举，

在防与治两个方面发挥了不可替代的重要作用，

在人类抗击传染病历史上也没有先例。

据统计，武汉各家方舱医院运行30余天里，

中央调动76支医疗队8000多名医务人员进入方舱医院，

收治新冠肺炎轻症患者12000多人，

成为名副其实的生命之舱。

一身洁白防护服的巾帼医护工作者，

被患者和网友亲切地称为"大白"。

她们在做好医护工作之余，

带领轻症患者跳广场舞、唱歌、拍段子、演小品，

甚至辅导孩子写作业……

"大白"们的多才多艺，

营造了和谐、乐观的方舱氛围，

成为温暖、难忘的方舱记忆。

方舱十二时辰

·子时·

先穿装备就得半小时呢.

自我测温、洗漱、消毒、穿装备,
要进舱跟姐妹们交班啦.

方舱十二时辰

· 丑时 ·

没有状况就是
最好的状况.

沙沙沙……

蹑手蹑脚……

开始巡床了,为了防止脚套沙沙的响声
吵着睡梦中的患者,我就像个小偷……

方舱十二时辰

·寅时·

我没见过洛杉矶
凌晨四点的太阳

但我见过武汉
凌晨四点的方舱

巡床间隙,默々地坐会儿,身上起了一丝
凉意,去卫生间的阿姨轻々帮我盖上了她的大衣.

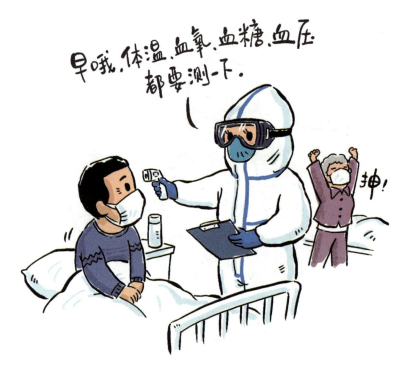

方舱十二时辰

·卯时·

早哦,体温,血氧,血糖,血压都要测一下。

揉！

苏醒的方舱,大家开始舒活筋骨,所有患者都要测一下体征,每天4次.

方舱十二时辰
·辰时·

叮咚，今日份的早餐、中药和口罩，请您接收。

中药

接下来就是大家口中的"过早"了，早餐有鸡蛋、包子、香肠、发糕和水果，丰盛吧！

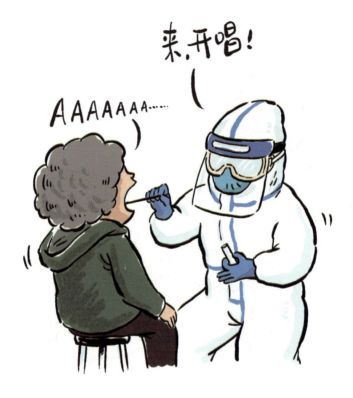

吃饱了才有力气运动,广播体操,八段锦,
呼吸操,操练起来!不过我还要忙着采集
咽拭子呢。

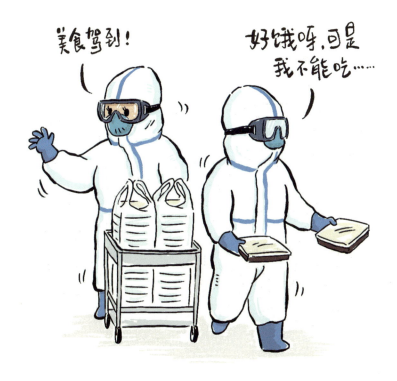

她来了，她来了，她带着香喷喷的气味走来了。
今天的午餐是腊肉笋子、基围虾、莴苣烧鸡、豌豆玉米……

方舱十二时辰

·未时·

那么多人都在为抗疫奋斗，
我也要来"粪"斗嘛！

方舱进入午休时间，而舱外的保洁
阿姨可不得闲，听说她是瞒着家人来的。

·申时·

一日三餐,忙得像热锅上的蚂蚁.

方舱餐饮配送

从出锅、分装、配送到送达患者手中,需要2小时,必须保证拿到手里还是热乎的。

40多天没见着老公和孩子们了.怪想他们.

方舱⑰

清扫消毒.医废处理.收拾生活垃圾……
900多人的方舱每晚要运出50大桶.

·戌时·

民族舞、流行舞、东北大秧歌解锁方舱

欢乐时刻,有人舞姿婀娜,有人像马达加斯加的企鹅.

·亥时·

时常被患者打断，
总有一种输不完的焦虑感……

办公区

几百名患者的体征监测数据及各类统计
报表，整理输入完毕才能稳妥交班。

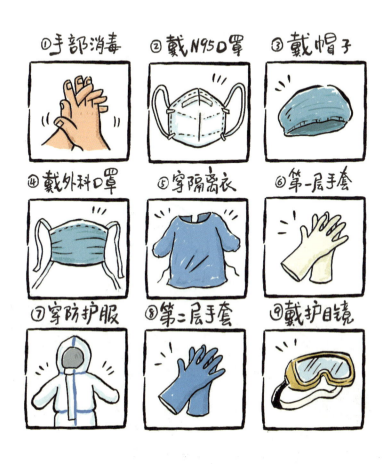

①手部消毒　②戴N95口罩　③戴帽子
④戴外科口罩　⑤穿隔离衣　⑥第一层手套
⑦穿防护服　⑧第二层手套　⑨戴护目镜

"大白"变身九宫格

岂曰无课，与子同舱．
山川异域，作业同样．

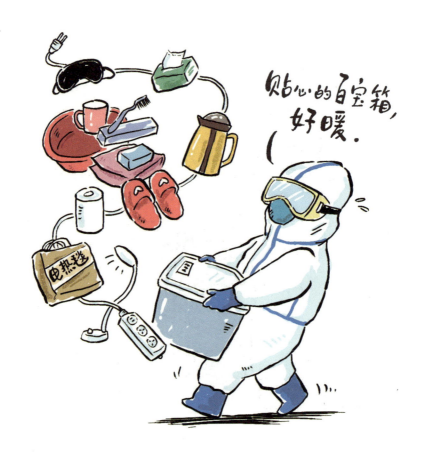

大方舱里的小方箱.

聊天、劝架、谈心、泄压
警花俨然街道大妈.

你笑起来真好看，
像春天的花一样……

只要有花可开，
生命就不会与黯淡为伍。

从广场到方舱，
大妈永远是你大妈.

读书跳舞，追剧唱歌，
聊天直播，管吃管喝，
我可能是住了一个假院。

今天又有两位患者出舱了,开心!

小可爱♡

患者出舱后,用过的
被褥必须销毁.

我有神奇的塑料兜.
把你的烦恼和病痛打包带走.

立足岗位，全员战"疫"

疫情发生以来，

除了女医务工作者奋战在最前线，

各行各业的女性，

立足岗位，以身作则，冲锋在前。

女科研人员争分夺秒、攻坚克难；

女公安干警坚守岗位、保障安宁；

女新闻工作者穿行现场、记录历史；

社区女干部群防群治、筑牢防线……

更多的女性敬业、护家，

默默支持，点滴奉献。

她们中的每一个人，

都是国家和社会的支点，

共同筑起抗击疫情的万里长城，

用实际行动诠释着使命与担当，

为坚决打赢疫情防控的人民战争，

贡献半边天力量。

侠之大者,为国为民,
侠之小者,为友为邻.

多送医护人员一段路,
她们就多一点时间救人.

送一点物资, 载一段路,
我愿意做一点能让别人心里踏实的事.

无惧至暗时刻,
我们要让城市发光.

岂日无衣, 与子同袍.

火神山铁娘子,雷神山女汉子,
我愿做工地上的一颗钉子。

工资？没谈．
都是为了抵抗疫情，
就算义务的也行．

每次来我车上的人数少了
或者迟到了，
我就会很担心……

瞅！

疫情应急
调运车

××省
医疗队

H87

一车人就是要整齐齐的。

坚守外防输入最前线，
把好国门安全第一关。

只要医护人员能吃口热饭，
赔钱我也愿意干。

疫情一天不散，
盒饭就一天不断。

俺们扫干净地，
就是为国家出力.

"妈妈，你在哪？怎么穿成这样？"
"妈妈在……滑雪呢……"

最危险的地方，我一定要上，
比病毒传播得更快的，是爱和希望．

穿上这身行头,
战"疫"就要冲在前头.

大国重企战"疫"不遗余力
搬家式援助迅捷立体。

海外的同胞们:
我们代表祖国接你们回家.

待你们平安完成任务，
我们接您回家。

春节24小时不停工，
大家的健康有我们"罩"着！

没什么我们就生产什么，
缺什么我们就造什么！

有人能安心在家，
是因为有人在路上。

停课不停学，
上好网课我最坚决。

你是祖国的儿子，
你不能后退.

随风奔跑自由是方向，
追逐雷和闪电的力量……

即使只是一根火柴，
也要在关键时刻有一次闪耀。

宅家用不上气，冷锅冷灶的，
会寒了人心。

即使城市按下暂停键，
燃气保供绝不掉线。

只要我们还在路上,
这个城市就能多一点生气.

旅了趟游，啥也没买，
从国外背回4箱口罩，
分给需要的人……

国际 →

曾梦想仗剑走天涯，
如今把口罩全都背回家。

岁寒知松柏,
患难见真情.
世界,中国来了!

云海荡朝日,春色任天涯.

巾帼志愿者，抹亮巾帼红

她们没有厚厚的防护服，

只有一层薄薄的口罩和标识身份的红马甲，

她们不分昼夜地走街串巷、消杀病毒、卡点值守，

用柔弱的臂膀为群众筑起一道"红色防疫墙"，

她们就是巾帼志愿者。

她们积极响应妇联号召，

积极投身联防联控，

为医护人员提供服务，

为社区居民提供帮助，

她们用自己独特的方式，

为大众做心理疏导，

为患者送心灵抚慰，

哪里有需要，她们就到哪里，

尽心尽力、无怨无悔……

这些平凡的女性，

用坚韧和温暖为我们带来爱与希望的力量。

做不了有求必应的财神，
总可以当随叫随到的菜婶呀。

[硬核大喇叭·文艺主播型]

冠状病毒，在蔓延，
万众一心，防突变，
取消聚会，不聚餐，
出门戴口罩，回家洗手脸，
蜗居家中，不去把门串……

豫剧《花木兰》
选段改编

俺们村里人嘴笨，
所以俺唱得比说得好听.

值班室里睡七天，
尝遍天下方便面。

返乡人员不乱跑，
传染肺炎不得了；
发烧切记要上报，
健康不能开玩笑…

不跳广场舞的大妈，
岂能浪费咱的喇叭.

居家隔离六件套：
手套、脚套、消毒水、
口罩、麻绳、体温计。

说最狠的话，
做最善意的人。

只要我的语速够快，
你就出不了这道门。

女书记带病也要来站岗，
咱们别添乱，
乖乖回家"葛优躺"。

宣传查访，配送站岗，
俺村出了个"拼命三娘".

入户走访
排查登记
发放资料

在最不该串门的日子里,
串遍了整个小区的门.

脑子不停转,电话不停响,
物资不停运,手脚不停忙。

润物细无声.

雨雪天气不再慌，
我们有了"小方舱"。

基层社工的朴素愿望：
好想变成六臂哪吒.

有事儿您就@我.

扫描我身上二维码,
秒变您的贴心小管家.

终于过足了不停
塞满和清空"购物车"的瘾.

你只管在前线全心投入，
我为你在后方暖心守护。

首批志愿者108名，
怎能少了咱们女性.

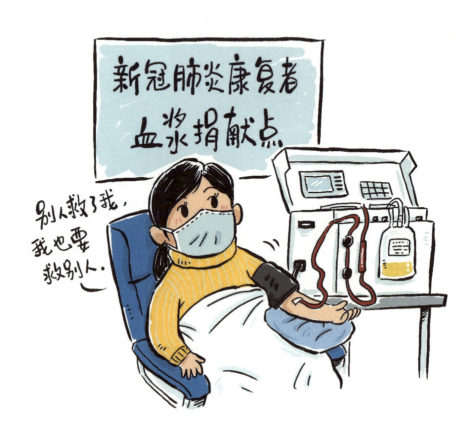

献浆抗疫，为生命接力.

格格我一人分饰摸排员.
宣传员.监督员.消毒员.
配送员.录入员.
守门员......

网格员:
小燕子

同心战"疫"

弃罩用
废口专

看"还珠格"长大的我,
变身战"疫"万能格".

无人机空中亮嗓，
社区防疫无死角宣讲.

我愿化做一束微光，
将你黯淡的心照亮。

公益路上的蒲公英，
战"疫"场上的急先锋。

社区防控，巾帼力量

群防群治的第一道防线在基层，

这里是"防输入、防蔓延、防输出"的重要一环。

城乡广大社区一直是基层妇联组织的深耕领域，

危急时刻，她们把工作资源下沉下沉再下沉，

在党委、政府的统筹安排下，

妇联干部、巾帼志愿者共发力，

妇女微家、妇女小组齐亮相，

共同织密社区防控网，

让群防群治的"最后一米"不再成为难题。

【常规装备】

羽绒服
+羽绒背心

加厚围脖

针织手套

棉裤2条

雪地靴+棉袜2双

以前那个爱美的仙女，
现在整个儿包成了熊二。

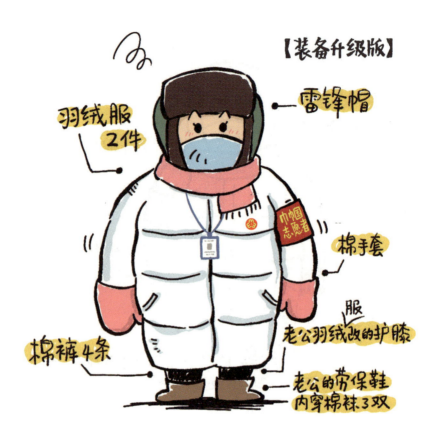

【装备升级版】

羽绒服
2件

雷锋帽

棉手套

老公羽绒改的护膝
服

棉裤4条

老公的劳保鞋
内穿棉袜3双

知道的是去检测点上岗,
不知道的以为爱斯基摩人来访.

你在家刷抖音,
我在这刷体温.

听说你做凉皮又没成功，
来，我这里想吃凉的轻々松々。

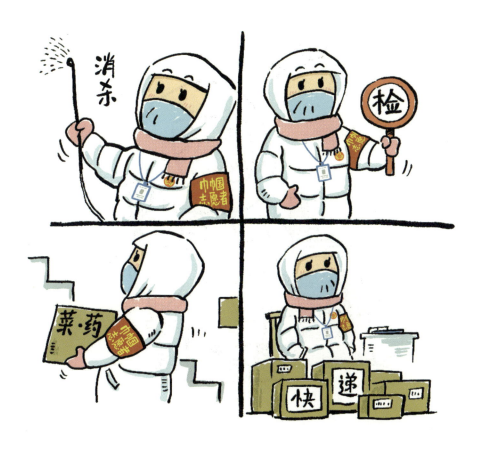

保洁保安保姆保管，
可谁还不是个宝々……

坚决不走亲访友，
我"大姨妈"做到了……

以前下雪：啊，真美！
现在下雪：啊，崩溃！

因为不方便方便，
喝水也不敢随便。

苍茫的天涯是我的爱……
什么样的节奏是最呀最摇摆……

今天朋友圈步数又是第一名！
我倒是想低调，
可实力不允许呀.

你憋得待不住的家，
是我最想回去的地方呀。

想抱着孩子睡可是不敢，
怕自己无意中被感染。

一妇当关, 矿户送爱。

请不要对我这样恶毒，
我们的敌人不应该是病毒？

同事姐姐接完电话，
哭着对我说：
我没有爸爸了，怎么办呀……

谢々你！

谢々您的一声谢々.
把所有疲惫委屈都化解.

给你留"后门",
就是给病毒开大门！

酒精加海绵，
脚感贼舒坦。

自制鞋底消毒神器，
不给病毒留半点余地。

宅家就是做贡献，总有一款宅适合你

宅在家、少出门、不聚餐，
家庭成为打赢疫情防控阻击战的最小单元和坚强堡垒。
妇联组织具有密切联系妇女与家庭的工作优势，
家庭防控，女性责无旁贷。
广大女性积极当好宣传员、防控员、监督员，
带动万千家庭筑牢防控疫情的家庭防线。

【爱情宅】

亲爱的, 我看到了
爱情最美的样子……

我好想·你!

我的同城"疫"地恋.

【吃货宅】

制作五小时,
拍照半分钟,
刷碗一整天.

【串门宅】

马桶君，我今天第9次来看你啦！

今年过节不串门，串门就串自家门，客厅门、卧室门、厨房门、厕所门……

【创作宅】

画笔何尝不是武器，
不出家门照样战"疫"。

【教子宅】

一儿子，学起来！

漫画配上顺口溜，
学々防疫"四不猴"。

【静思宅】

据说因为鼠疫，宅家的牛顿发现了万有引力。

不怕冰箱被吃空，
就怕思想无法天马行空。

【美食宅】

家里就剩萝卜了，
今天是"萝卜开会"!

萝卜丝汤

炸萝卜丸

香拌萝卜

萝卜水饺

菜品的有限选择，
挡不住烹饪的无限可能.

【腻歪宅】

以前听见好甜，
现在听见好烦。

【女王宅】

请叫我女王大人！

居家战"疫"新女性：
蓬头垢面懒梳妆，煎炸炒烙全在行，
撸猫揍狗骂老公，鸡飞狗跳孩子王。

【心塞宅】

假期打着休息的名义，
给了老母亲一万点暴击！

【训夫宅】

老公去超市囤货必须直播,
一时不盯紧保准能买错.

【养生宅】

枸杞、大枣、脚…
万物皆可泡.

【运动宅】

运动步数这块儿，
咱就没输过.

嗒嗒嗒……

踏ㄟ步 做ㄟ操,
平板支撑抻ㄟ腰.

键盘侠总是添乱，
官方消息咱必转！

一方有难、八方支援

一方有难、八方支援，

是社会主义制度集中力量办大事的具体展现。

一封封请战书，

一个个最美"逆行者"的身影，

一声声"武汉加油"的呐喊，

在社交平台上广为流传……

让人"泪目"的一幕幕，

展现了中国速度、中国能力、中国奇迹，

彰显了万众一心、抗击疫情的中国力量。

有显著的社会主义制度优势，

有全国人民众志成城、万众一心的强大力量，

胜利必将属于我们。

生命因你而别样"京"彩！

北京医疗队
"京"兵强将

精诚所至，"津"石为开。

天津医疗队
"津"字招牌

有你的每一天，都值得"冀"念！

河北医疗队

铭"冀"于心

感谢"晋"在不言中.

山西医疗队
竭"晋"全力

承"蒙"关照，不胜感激。

内蒙古医疗队
勇"蒙"果敢

你是最好的"辽"愈.

辽宁医疗队

"辽"表寸心

"吉"人自有天相.

吉林医疗队

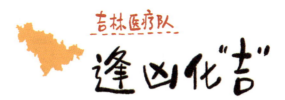

逢凶化"吉"

"沪"助互爱如一家.

上海医疗队
"沪"你周全

人心温暖，万物复"苏"。

江苏医疗队
"苏"大强

"浙"就是爱.

浙江医疗队

"浙"风挡雨

春风十里，不及你"皖"尔一笑.

安徽医疗队

力"皖"狂澜

你有一颗悲天"闽"人的心.

福建医疗队
国泰"闽"安

老表"赣"得漂亮！

江西医疗队
鼓足"赣"劲

一"鲁"上有你。

山东医疗队
齐心"鲁"力

与你相"豫"好幸运！

河南医疗队

知"豫"之恩

我"湘"信你.

湖南医疗队

"湘"互扶持

祝你"粤"来越好！

广东医疗队
"粤"来越好

幸好有"桂"人相助.

广西医疗队

兵"桂"神速

投我以木桃,报之以"琼"瑶.

三角梅

海南医疗队

"琼"尽全力

风"渝"同舟,守望相助.

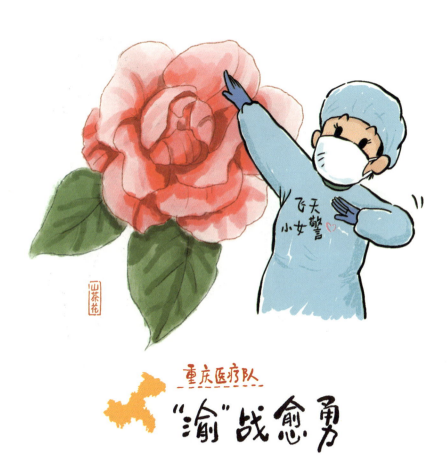

山茶花

重庆医疗队

"渝"战愈勇

跨越山"川"河流与你相遇.

四川医疗队
"蜀"你最好

勇往直"黔"，无所畏惧！

贵州医疗队
"贵"人相助

永远记得你沉"滇"甸的爱！

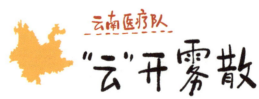

云南医疗队

"云"开雾散

你是"陕"亮的星，照亮我前行！

陕西医疗队

"秦"劳勇敢

193

我们同"甘"共苦.

再见"青"爱的你.

青海医疗队

"青"囊相助

与你一同走过的时光，我将永远珍"藏"。

西藏医疗队

扎"西"德勒

感恩的"新"，感谢有你！

新疆医疗队＋新疆生产建设兵团医疗队

勠力同"新"

人民解放军，永不缺席！

 军队医疗队

闻令而动

守住我们的家.

湖北医务工作者
以手加"鄂"

复工复产有我半边天

疫情严重期间，

推动相关行业企业复工达产，

以确保医疗物资等供应保障，

并在疫情得到初步遏制之后，

在确保疫情防控到位的前提下，

推动非疫情防控重点地区企事业单位复工复产，

恢复生产生活秩序，

建立同疫情防控相适应的经济社会运行秩序，

成为疫情防控期间的一项重要任务。

各级妇联和女企业家充分发挥作用，

积极助力复工复产，

助力脱贫攻坚，促进经济、促进就业，

为建立同疫情防控相适应的经济社会运行秩序贡献巾帼力量。

妇联主席走进直播间，
开启巾帼带货时间.

全球战"疫"让中药有了名气,
姐妹们留在家乡就能有收益.

疫情防控大意不得,
讲好企业复工第一课.

春光不负赶路人.

谁说红绿搭配不美,
看，我们的茶园抢收突击队.

有问题,在线提.

在线"问诊",远程"下方",
农业生产有了专家保障.

姐妹们相聚空中课堂,
暗夜过后终会见到阳光.

战"疫"驰援挺"参"而出，
复产扶贫大显"参"手。

疫散花开，
记得好好爱最美的自己.

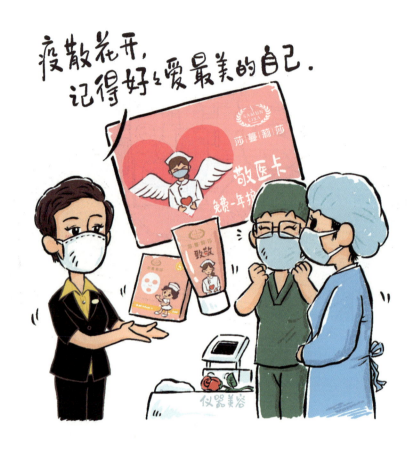

你不顾一切逆行赴险，
我竭尽全力护你容颜.

重启的生活，我们陪你走.

有前进的梦想，
也有回家的方向.

抗疫防护把口罩戴，
复工助产有优惠贷.

妇联战"疫"助农在e线，
大棚就是我的直播间。

拿过锄头的手，
也可以玩转镜头。

人间烟火气，
最抚凡人心。

城市已按下快进键，
里外消杀保安全。

辖区企业商户一圈检查下来，
腿比老坛酸菜还酸爽……

日复一日的无声战斗，
守护万家的平凡日常。

一个小微企业女主人的担当：
疫情期间不裁员、不降薪、不拖薪；
让员工暖心、对社会热心。

让爱做面食的林姐
蒸出了大花馍馍.

焙画
→

把老于家的废葫芦变成
宝葫芦.

给小李家的灯笼
化了"妆",出口把
世界照亮.

第一书记的"土味魔法".

战 "疫" 物语

和她一起卡点的日子，我一共测过16275人。
担心我冻坏，她总是把我揣在胸口。

·额温枪·

为了节省防护服,她们20几个人只用
我一件反复练习穿脱,都把我整烂了,555……

·防护服·

今天是她战"疫"的第21天.
她的手已经被浸蚀的不成样子,
我想保护她.

·护手霜·

她们都是"酒精"考验的战士.

·酒精·

如果我的色号跟国旗一样颜色，
她是不是就不会像现在这样冷落我了？

·口红·

她的面容会被我遮住，
可美不会.

·口罩·

亲爱的,放手战斗吧!
有我们为你兜底.

· 纸尿裤&安心裤 ·

讲真，现在连我都吸引不住她了。

·手机·

20多年一起长大的"发小",
她今天竟跟我说断就断.

·头发·

从老家到战场的几百公里，
与其说我驮着她，
不如说是她带着我.

临时通行证
编号:009
车牌号:自行车
通行事由:到武汉江夏区金口
中心医院上班

·自行车·

她们在武汉战斗了那么多天，
却没顾上和我们见一面。

· 热干面&樱花 ·

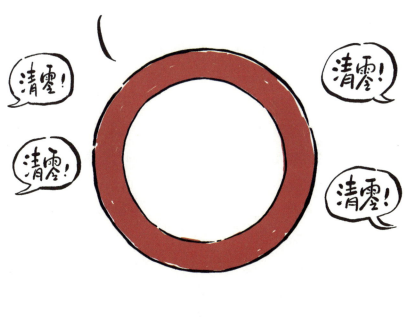

后　记

　　每次做完一本书，就像养大了一个孩子。这样的感觉，相信每个经历过出版的人都会有。

　　历时三个多月，国内首部以漫画的形式全景式展现女性在战"疫"中发挥重要作用和展现伟大力量的绘本终于要和读者见面了。

　　庚子岁初，面对突如其来的新型冠状病毒肺炎疫情，作为新闻人，用文字、照片记录这段特殊的历史，是使命，也是职责。

　　同时，我也在思索，在这样一个读图和短视频的时代，还有什么更好的方式去展现这段历史呢？

　　2020年2月底，山东省威海市文登区妇联邀请威海市漫画家协会主席李强先生创作的12幅展现社区妇联干部社区防控的漫画，在微信朋友圈传播开来。萌萌的形象，接地气的语言，是这组漫画取得极好的传播效果的重要原因。

　　这组漫画的出现，让我眼前一亮，也让我一直以来思考的问题有了答案：漫画在不同的历史时期，都发挥着凝聚群众、鼓舞斗志、共克时艰的强大精神激励作用。

　　在和李强先生的首次电话沟通中，我们就迅速达成了一致：在这组漫画的基础上，通过200多幅原创漫画，全景式展现女性战"疫"中的多元角色、多种战位，展现女性迅速"变身"白衣战士、社区工作者、执法人员、巾帼志愿者……因为她们是中国战"疫"故事当之无愧的女主角。

创意往往是美好的，过程往往是痛苦的。出书尤其如此，搭建全书框架、寻找绘画素材……经过无休无眠"炼狱式"的连日创作，经过无数次的反复修改，才能让我们在短短三个多月的时间里，把这本集合了200多幅原创漫画的绘本展现在读者面前。

在这里，我要感谢中国妇女报社总编辑孙钱斌先生，他在认真聆听了我策划出版这本图书的创意后，给予充分的肯定，认为以漫画这种可读、易读的形式展现女性战"疫"题材，在传播上会收到意想不到的良好效果。他给予我很多富有建设性的意见和建议，使本书能够以更高的定位、更丰富多彩的内容呈现。他还亲自为本书作序，高屋建瓴地指出本书的意义，堪称对战"疫"中"她"力量的全面总结，为本书增色添彩。

我要感谢威海市文登区妇联主席刘芳女士，是她独具慧眼，率先以12幅漫画的形式展现文登区一位社区妇联干部在社区的辛勤防控工作，才让我有了全景式展现女性战"疫"的创意。

我要感谢本书的漫画主笔、威海市漫画家协会主席李强先生，他在和我未曾谋面的情况下，经过电话沟通便与我一拍即合，并且以极高的艺术水准和敬业精神，在我和出版社的不断地催促中，一次次崩溃，一次次满血复活，高质量地完成了200多幅漫画的创作。

我要感谢山东人民出版社的王海涛先生，他以高水平的专业眼光，意识到本书的出版价值，在本书的编校、出版过程中，给予我很多专业性的建议。

同时，身边还有很多朋友在本书编辑、出版过程中，给予我很多无私的帮助和支持，一并致谢。

　　中国在这场世所罕见的疫情中的精彩表现，必将记入人类波澜壮阔的历史，我们每个人都是经历者、参与者。如果每位女性读者都能在本书中找到自己战"疫"的身影，或感同身受，或有所启发，或留存纪念，便是本书出版的价值和意义所在。

姚　建

2020年5月4日